L'HEUREUSE FAMILLE.

CONTE MORAL.

il laboure le champ que labouroit son pere.

Karav.

A GENEVE,

Et se trouve

Chez {
LECLERC, à Nancy.
MERLIN, à Paris, rue de la
Harpe.

M. DCC. LXVI.

A
MADAME LA....

JE le fais, mon ouvrage n'eft rien ; mais fouvent c'eft par des riens qu'on prouve le defir de plaire. Vous recevrez avec bonté celui – ci , vous le recevrez comme un hommage de mon cœur.

L'HEUREUSE FAMILLE.

CONTE MORAL.

LE jeune Basile étoit le fruit d'une union mal assortie. Sa mere, d'une ancienne maison de Périgord, mais réduite à une extrême pauvreté, s'étoit déterminée à épouser un laboureur aisé, plutôt que de s'abaisser à servir. Son mari étoit neveu d'un prêtre respectable, qui lui avoit donné une éducation supérieure à celle que reçoivent les habitans de la campagne. Un caractere bienfaisant, une grande modération, une probité exacte, le faisoient également estimer de ses supérieurs & de ses égaux. Amélie, c'étoit le nom de sa femme, au lieu de ne conserver que l'élevation de sentimens qui est de tous les états, avoit gardé dans

A

une condition honnête, mais trop peu
confidérée, un orgueil qu'on ne par-
donne pas même à la nobleffe opu-
dente. Elle fe fouvenoit toujours du
nom qu'elle avoit porté, & ne fe rap-
pelloit point affez que la mifere l'a-
voit forcée à le perdre. Allard, qui,
par fes vertus, par fa fenfibilité, par
fes mœurs, ennobliffóit fon état,
cherchoit à le lui faire envifager avec
moins d'horreur. Ses efforts étoient
vains. Il avoit employé, pour adou-
cir l'humeur de fa femme, tous les
moyens dont une ame tendre fait faire
ufage. Il avoit voulu pénétrer dans
fon cœur, en lui faifant goûter cés
plaifirs fi vrais, fi touchans, que la
nature offre à tous les hommes, &
dont ils jouiroient avec plus de tranfport s'ils s'étoient moins éloignés de
leur premiere fimplicité. Ses foins
étoient rejettés avec dédain ; le plus
offenfant mépris en étoit la récom-

pense. Une pareille conduite le plon-
geoit dans la douleur, & pourtant ne
l'aigriffoit pas. Il aimoit. Si du moins
j'avois un enfant, difoit-il, il me ra-
meneroit le cœur de fa mere. La nature l'amolliroit ce cœur que la fierté
rend inflexible. Amélie feroit touchée
des tendres careffes & du fourire de
l'innocence. Je faifirois un inftant où
elle céderoit à l'impreffion du fentiment, & je la forcerois de répondre
aux miens.

Il fe paffa plufieurs années avant
que fes vœux fuffent exaucés; mais
enfin Allard fe vit pere, & crut
toucher au moment de fe voir heureux. Il reçut fon fils avec les tranfports de la joie la plus vive; il le
ferra contre fon fein; il le regardoit
comme un gage qui déformais alloit
affurer fa félicité. Il fe trompoit. Le
caractere une fois formé fe change
difficilement. Amélie conferva le fien

longtems encore, & son époux eut
la crainte de voir son fils en hériter.
Né pour aimer & fait pour l'être, il
se flatta qu'au moins cet enfant si de-
siré répondroit à ses sentimens, &
que la nature le consoleroit des peines que lui avoit fait éprouver l'a-
mour. Sa tendresse pour son fils ne
se borna pas à de vaines caresses. Capable, par les leçons qu'il avoit re-
çues, par les bonnes lectures qu'il
avoit faites, & sur-tout par les réflexions, de lui donner d'excellentes
instructions, il employa tous ses soins
à lui donner une éducation qui le ren-
dît content de son sort, & lui fît
éviter les écueils dans lesquels sa mère
étoit tombée. Il étoit encore attaché à
son sein, qu'Allard déja cherchoit à
deviner ses inclinations, & à étudier
en lui ces mouvemens, qui, tous foibles
qu'ils sont dans l'enfance, donnent cependant des indices qui font juger de

A

ce que fera l'ame dans un âge plus avancé. Attentif aux plus petites chofes (il n'en eft point d'indifférentes pour un pere tendre & éclairé) il fit reblanchir l'intérieur de fa maifon, il l'ornoit de fleurs & de verdure ; il y raffembloit les plus jolis enfans du village ; il animoit leurs jeux pour que la joie fût toujours peinte fur leurs vifages. Il vouloit que le premier fpectacle, qui s'offriroit aux yeux de fon fils, fût celui du contentement, & que la premiere impreffion qu'il reçût, fût celle de la gaieté. C'eft peut-être des premieres impreffions qui ont frappé nos organes que dépend la tournure de notre caractere. Pourquoi ne feroit-on pas parvenu à lui en donner une plus heureufe en multipliant les images riantes autour de nos berceaux ?

Le petit Bafile grandiffoit, & il laiffoit déja entrevoir un cœur fenfible, un efprit facile, une conception

vive, mais une humeur légere & du
penchant à la vanité. Sa figure étoit
agréable, sa physionomie fine, & son
air enjoué. A mesure qu'il se dévelop-
poit, son pere s'attachoit à lui inspirer ces vertus douces qui font le
bonheur de tous les hommes dans
quelque condition que la nature les
ait placés. Il cherchoit à fortifier les
dispositions favorables qu'il remarquoit en lui ; il se servoit même de
ses défauts, & tâchoit de les faire
tourner au profit de ses bonnes qua-
lités. D'abord il ne commença pas à
le faire raisonner, mais il l'accoutu-
ma à sentir. Il l'emmenoit avec lui
dans la campagne ; il choisissoit pour
ses promenades les paysages les plus
rians ; il lui faisoit entendre les con-
certs des oiseaux, jouir de la fraicheur
des forêts, du coup d'œil charmant
des prairies, & de la richesse des cô-
teaux. Il le rendoit témoin des jeux

des bergers & de la satisfaction des laboureurs, qui trompoient en chantant la fatigue de leurs travaux. En lui présentant les images gracieuses de la vie champêtre, il espéroit qu'il la lui feroit aimer. Cependant, Allard craignoit avec raison que sa mere ne l'empêchât de céder aux impressions qu'il vouloit lui faire prendre. L'orgueil, qui ne peut plus se nourrir par de vains honneurs, ne s'éteint pas toujours quoiqu'il n'ait plus rien qui le flatte. Il gémit dans l'obscurité & se manifeste par sa propre douleur. Amélie, ne jouissant plus du rang dont elle étoit descendue, s'efforçoit de faire paroître son fils comme y tenant encore. Les habillemens qu'elle lui donnoit n'étoient pas riches, mais ils étoient plus recherchés que ceux qu'on porte au village; du linge un peu plus fin, des cheveux mieux arrangés, de petites choses enfin, que l'œil d'un

homme du monde n'auroit pas faifies,
lui donnoient un air de parure cho-
quant pour des gens qui ne voyoient
en lui que le fils de leur égal. On lui
recommandoit fans cesse de ne pas se
familiarifer trop ; on lui vantoit con-
tinuellement la nobleffe de fes parens ;
on le plaignoit de n'être pas lui-même noble comme eux ; enfin on le rendoit malheureux, en lui faifant regretter de frivoles avantages dont fon pere vouloit lui apprendre à fe paffer.

Allard avoit cette philofophie fim-
ple & vraie qui ne cherche pas le bonheur dans l'opulence & dans les ti-
tres, & qui le trouve, quand des cau-
fes étrangeres ne s'y oppofent point,
dans la jouiffance de ces biens que la
nature offre à tous fes enfans, dans
l'amour, dans l'amitié & dans la pra-
tique des vertus qui rapprochent les
hommes, en les rendant les bienfai-
teurs les uns des autres. Pour dé-

truire le germe d'orgueil qui étoit dans
le cœur de son fils, & qu'on ne s'occupoit que trop à favoriser, il tra-
vailloit à lui inspirer les tendres sentimens dont il étoit pénétré lui-même. Il lui faisoit concevoir la volupté
pure que laisse après lui le souvenir
d'une bonne action. Autrefois il étoit
le consolateur des affligés, le protec-
teur des foibles, le soutien des hommes plus pauvres que lui; il voulut
que son fils le devînt, qu'il jouît souvent du spectacle le plus beau qui soit
dans la nature, celui de la joie & de
la reconnoissance peintes dans les yeux
de l'homme qu'on secourt dans l'instant où il est accablé. Notre voisin est
malade, disoit-il quelquefois à Basile,
peut-être ses champs seront-ils plus
mal labourés que s'il présidoit lui-même au travail de ses ouvriers, menez-
y nos chevaux, conduisez vous-mê-
me la charue, & lorsqu'il portera dans

fon domaine fes pas encore chance-
lans, qu'il voye qu'on n'eft pas ingrat
des foins qu'il prend pour fe faire aimer. Bafile y alloit, & peut-être autant par vanité que par bienfaifance ;
il s'appliquoit à rendre fon ouvrage
profitable au maître du champ qu'il
labouroit. Celui-ci ne jouiffoit pas du
fruit de fes peines fans marquer fa
fenfibilité. Il prononçoit le nom de
Bafile avec attendriffement ; il faifoit
fon éloge avec cette énergie, avec
cette vérité que le fentiment feul inf-
pire. Allard joignoit fes louanges à
celles qu'on donnoit à fon fils. Il l'applaudiffoit avec chaleur des bonnes
actions que lui-même l'engageoit à
faire. En flattant fa vanité lorfqu'il
faifoit le bien, lorfqu'il montroit le
defir d'être utile, lorfqu'il rendoit des
fervices avec cet air content qui vaut
mieux que les fervices mêmes, parce qu'il marque la fatisfaction qu'on

trouve à les rendre, il croyoit le dé-
tacher des chimères éblouiffantes dont
on l'entretenoit tous les jours. Pour
y réuffir plus fûrement, il voulut l'en-
chaîner par les liens fi doux de l'a-
mitié, par les liens plus doux encore
de l'amour. Un frere & une fœur,
Lucie & Marcel, par leur enjouement,
par leur âge conforme à celui de Bafile, par leur caractère tourné à la tendreffe, & Lucie fur-tout par les charmes de fa figure, lui parurent propres
à faire réuffir fon projet. Il les attira chez lui, facilita leurs jeux, égaia
leurs occupations, fit naître pour eux
des plaifirs ; en y prenant part, il les
augmentoit. Les regards paternels ne
font redoutés que lorfqu'ils font toujours féveres ; mais quand ils fe tournent avec bonté, quand ils jouiffent
avec complaifance des amufemens de
la jeuneffe, ils les rendent plus inno-
cens, fans les rendre moins vifs &
moins gais.

Bafile avoit feize ans. Il éprouvoit au-
dedans de lui-même un changement
dont il ne pouvoit fe rendre compte.
Il n'avoit plus les goûts qu'il avoit eus;
il s'ennuyoit des chofes qui l'avoient le
plus amufé; chaque jour il perdoit de
fa gaieté, fans cependant avoir aucune
raifon d'être chagrin. Marcel fon ami,
Marcel même lui plaifoit moins. Auparavant il lui étoit néceffaire; il trouvoit les jeux languiffans dès qu'ils fe
faifoient fans lui; mais depuis quelque tems il faififfoit tous les prétex-
tes de l'éloigner. Il aimoit mieux être
feul, lorfqu'il n'étoit pas avec Lucie.
Ils alloient enfemble conduire leurs
troupeaux dans les lieux les plus fo-
litaires, & paffoient les jours fans fe
rien dire & fans néanmoins s'ennuyer.
Ils fe regardoient tous deux; ils fou-
piroient, & puis fe regardoient encore. Quelquefois la nuit les furpre-
noit avant qu'ils euffent fongé à re-

tourner au village. « Je ferai grondée de mon pere, difoit Lucie ; ma me- re me grondera, répondoit Bafile ; mais, ma chere Lucie, je ne crains pas d'être grondé tous les foirs, fi je puis paffer tous les jours avec vous. Je ne fais pourquoi, mais je n'ai de plaifir que lorfque nous fommes feuls enfemble. J'aime bien mon pe- re.... cependant..., j'ai honte de l'a- vouer... Lucie, je vous aime en- core mieux que lui. Et moi, repre- noit Lucie.... Mais, Bafile, nous fai- fons mal de ne pas aimer nos parens davantage... ils font fi bons pour nous ».

Ils n'avoient inftruit perfonne de leurs fentimens ; ils les ignoroient eux- mêmes, & cependant ils n'étoient in- connus d'aucuns des habitans du vil- lage. Le pere de Bafile, les parens de Lucie, voyoient avec fatisfaction leur mutuel penchant, Ils les trouvoient

dignes l'un de l'autre, & bientôt ils
fongerent à les unir. Allard fur-tout,
à qui fa tendreffe dictoit les vœux les
plus ardens pour le bonheur de fon
fils, fouhaitoit de lui voir former des
liens, qui, l'attachant à fon état par
les charmes de l'amour & par les douceurs de la vie champêtre, l'empê-
chaffent de regretter un fort plus bril-
lant & moins heureux fans doute. Il
avoit fait toutes les démarches nécef-
faires ; elles avoient réuffi. Les parens de Lucie, pénétrés de tendreffe
pour elle, remplis d'honneur & de
probité, acceptèrent avec reconnoiffance la propofition d'Allard, moins
parce qu'il étoit le plus riche, que
parce qu'il étoit le plus vertueux ha-
bitant du canton. Il falloit le confen-
tement de la mere de Bafile, fon
pere le chargea de l'obtenir lui-même. « Mon enfant, lui dit-il, tu
fais combien je t'aime. Je fuis à pré-

sent dans cet âge où l'on ne trouve plus de satisfaction que dans le bien qu'on peut procurer à son fils. Le tien, le tien seul m'occupe ; je veux que tu sois content, & goûter avant de mourir le plaisir de voir ton bonheur assûré. Tu es bien jeune encore, mais peut-on être trop tôt heureux ? Je songe à te marier. C'est Lucie, cette Lucie qui te plaît tant, quoique tu ne m'en ayes pas parlé, que je t'ai choisie pour épouse. Ses parens te la donneront volontiers ; mais, par les plus tendres prieres & les plus douces caresses, force ta mere à ne pas s'opposer à un mariage qui te convient ; c'est avec peine qu'elle se rendra. Affligée d'être la femme d'un villageois, quoique tu ne sois qu'un villageois toi-même, peut-être espere-t-elle encore, par le crédit de sa famille, t'arracher à un état le plus heureux de tous, quand on est né pour y vivre.

Respecte ta mere, chéris-la, mais ne te laisse pas séduire par ses discours orgueilleux. Mon fils, mon cher fils, ne songe point à abandonner la vie de tes peres ; c'est la vie de la tranquillité, de l'innocence & de la vertu même. Dans les premieres années que tu seras dans ton ménage, tu ne trouveras pas de peines considérables. Tu as de la force, j'ai de l'expérience, nous nous aiderons mutuellement. Tu serviras ton pere, tu écouteras ton ami, & tu verras tout prospérer autour de toi. La paix & la joie regneront dans ta famille. Un même esprit nous conduira tous ; il rapprochera les âges les plus différens. Encore occupé de toi dans mes derniers instans, ma tremblante main agitera le berceau de tes enfans ... » Basile voulut répondre, il ne le put. Sa voix fut étouffée ; ses yeux se remplirent de de pleurs ; la reconnoissance, & l'amour

mour

mour filial font auffi couler des larmes. Amélie fut témoin de la fin de
cette fcéne attendriffante. Allard la
laiffa avec fon fils. Il efpéra que l'é-
motion de Bafile pafferoit jufqu'à elle.
En effet, d'abord il réuffit à la toucher. Il fe jetta dans fes bras, mouil-
la fes joues des plus douces larmes.
Ma mere, s'écria-t-il d'une voix en-
trecoupée, ma mere, je fuis heureux
fi vous voulez. On me donne Lucie,
Lucie la plus belle, la plus aimable
fille du village, que tous les jeunes
garçons adorent, & qui n'aime que
moi. Y penfez-vous, reprit-elle, fans
colere, mais avec dédain, y penfez-
vous? Eft-ce bien mon fils qui fonge
à une alliance qui me dégraderoit plus
encore que je ne le fuis? N'ajoutez pas
à ma mifere; laiffez-moi vous donner une époufe qui foit mon égale,
& que fans rougir je puiffe nommer
ma fille. Bafile voulut répondre, elle

B

l'en empêcha. Elle employa, pour le
gagner, cette adresse qui souvent tient
lieu d'esprit aux femmes, & qui, pres-
que toujours, les fait arriver à leurs
fins; elle ranima dans le cœur de son
fils un mouvement de vanité que l'a-
mour avoit rallenti, mais qu'il n'avoit
pu détruire. Elle échauffa son imagination, & parvint à lui faire desirer
avec autant d'ardeur de voir rompre
son mariage, qu'il avoit eu de joie
quand son pere lui avoit appris qu'il
étoit conclu. Pour rendre son triom-
phe plus certain, elle courut l'annon-
cer aux parens de Lucie. Elle voulut
qu'un affront cruel mît une barriere
éternelle entre les deux familles. Elle
arrive dans celle de Lucie, & bientôt y trouble l'aimable gaieté que l'as-
sûrance d'une satisfaction prochaine y
faisoit régner. On se leve, on s'em-
presse, on l'entoure, on l'écoute avi-
dement; on croit qu'elle vient par-

tager le contentement que l'union des
deux amans fait naître ; on n'eſt pas
longtems dans l'erreur. Un ſourire
amer précéde la déclaration qu'elle va
faire. C'eſt avec le mépris le plus ou-
trageant qu'elle rompt les engage-
mens que ſon époux avoit pris. Elle
porte la douleur dans le cœur inno-
cent de Lucie. Elle voit couler ſes larmes, elle inſulte encore à ſes pleurs.
Allard arrive dans cet inſtant cruel :
il lit ſon malheur ſur tous les viſages.
Il s'en retourne le déſeſpoir dans le
cœur. Il revoit ſon fils ; il le regar-
de avec des yeux où la douleur & le
mépris ſont peints. Baſile, qui redou-
toit ſa colere, ſe trouve ſoulagé par
ſon ſilence. Il ne s'apperçoit pas que
ce ſilence eſt celui d'une ame ulcérée
& fermée au bonheur ; il ne tarde pas
à ſe repentir de ſa fauſſe démarche ;
il déteſte ſa foibleſſe & ſa vanité ;

mais comment compter sur les regrets
d'une ame aussi légere?

La maison d'Allard, auparavant l'a-
syle de la confiance, des jeux & du
bonheur, est devenue le séjour de la
contrainte, du mécontentement & de
l'ennui. Les caresses que Basile rece-
voit de sa mere ne le dédommageoient
pas de cette familiarité dans laquelle
il est si doux de vivre avec un pere
tendre. Tantôt il se livroit encore à
des espérances chimériques ; plus souvent il s'abandonnoit au sentiment de
honte que faisoit naître en lui sa légé-
reté, & à la douleur de causer les chagrins du meilleur des peres. Tous ses
jours se passoient dans l'incertitude & la
langueur. Cependant, dans sa tristesse,
il lui restoit une consolation à laquelle
il ne devoit pas s'attendre. Marcel
qu'il avoit négligé, Marcel dont il
avoit délaissé la sœur, demeura con-
stamment fidele à l'amitié. Il cherchoit

à diffiper l'affliction qui tuoit fon ami.
Il auroit voulu ranimer en lui le goût
de ces plaifirs qui avoient fait les délices de leur enfance ; mais le tems en
étoit paffé pour Bafile. Les paffions
ardentes ne nous rendent pas feulement malheureux tandis qu'elles nous
fubjuguent, mais en donnant trop de
reffort à nos ames, elles leur ôtent
l'amour des chofes fimples, qui ne
revient plus, ou qui ne renaît que
lorfqu'un long calme leur a fuccédé.

Plufieurs mois s'étoient écoulés depuis qu'Allard & fon fils vivoient dans
cette tranquillité, ou plutôt dans cette
mélancolie fombre, plus affreufe peut-
être que les chagrins violens, lorfqu'Amélie, qui, par fon humeur hau-
taine & fes confeils dangereux, avoit
caufé toutes leurs peines, y en ajou-
ta de nouvelles. Vraifemblablement
touchée d'avoir occafionné le défor-
dre qui régnoit dans fa famille, mais

trop fiere pour vouloir paroître se repentir, elle se laissoit consumer en silence par sa douleur. On la voyoit dé-
périr, sans pouvoir deviner le prin-
cipe de son mal. Elle se refusoit également aux caresses de son fils & aux
attentions de son époux. Allard, aux
yeux duquel on n'étoit plus coupable
dès qu'on étoit malheureux, cherchoit
tous les moyens de ramener en elle le
calme & la santé. Ses soins furent inu-
tiles, & l'état de sa femme devenoit
tous les jours plus dangereux. Une fié-
vre ardente, accompagnée des acci-
dens les plus fâcheux, fit bientôt perdre l'espérance de la conserver. Son fils
& son époux ne s'éloignoient pas d'elle
un instant; ils tenoient chacun une de
ses mains dans les leurs; Basile mouilloit
de pleurs le lit de sa mere, & Allard
la regardoit avec des yeux humides &
attendris. Déchirée par ce touchant
spectacle, l'amour maternel, la re-

connoiſſance, la tendreſſe, l'emporte-
rent enfin ſur l'orgueil. Elle fit un ef-
fort, & paſſant un de ſes bras autour
du col de ſon mari, & l'autre autour
de celui de ſon fils, elle les attira tous
deux en même tems contre ſon ſein.
Elle ſembla ſe ranimer & jouir avec délices de cette ſituation; mais ſon émo-
tion étoit trop forte pour qu'elle pût
longtems la ſoutenir. Elle tomba bientôt dans un évanouiſſement profond.
Baſile, ſans connoiſſance auprès de ſa
mere, avoit autant beſoin de ſecours
qu'elle-même, & Allard, abſorbé par
ſa douleur, étoit incapable de leur en
donner. On vint heureuſement les rappeller à la vie; ce ne fut que très-
difficilement qu'on parvint à y faire
revenir Amélie. A peine eut-elle ouvert les yeux, que l'égarement s'y
peignit. Le délire ſuccéda à la foibleſſe; & dans ſon tranſport, devenue plus intéreſſante encore, elle

porta l'attendrissement dans tous les
cœurs. Malgré tous les efforts qu'on
faisoit pour la retenir, elle s'arracha
de son lit, se précipita aux pieds de
son fils qu'elle prenoit pour son époux,
& en les baignant de larmes, elle le
supplioit de pardonner tous les chagrins qu'elle lui avoit donnés. Elle lui
disoit : homme respectable, fais grace
à une épouse trop indigne de toi. Fais
grace, Allard, mon cher Allard......
Elle serroit les genoux de Basile avec
force, & disoit encore : rends à ton
fils ton amitié, c'est moi, c'est moi seule
qui la lui ai fait perdre. S'adressant
ensuite aux témoins de cette scène
déchirante, elle s'écrioit : il ne me
répond pas; joignez-vous donc à moi;
forcez-le à me rendre sa tendresse,
sa tendresse que j'ai méprisée, & dont
je sens à présent tout le prix.....mais
ils se taisent...ils sont muets.....Ils
l'étoient en effet. Le Curé, le Méde-

cin , les femmes, tout le monde pleu-
roit , tandis qu'Allard & fon fils pouf-
foient les cris du défefpoir.

Revenu de cet état d'immobilité où
jettent les fpectacles frappans & inat-
tendus , on s'emprefla autour d'une
malade qui s'acquéroit tant de droits
fur les cœurs. On la reporta dans fon
lit , & M. Chablais, qui , par amour
pour l'humanité, s'étoit confacré au fer-
vice des habitans de la campagne, &
qui, par fon application extrême, étoit
devenu l'un des plus grands méde-
cins de l'Europe , parvint à tranquil-
lifer fes efprits. Il efpéra même que
la violente agitation dans laquelle ils
avoient été , loin de lui être nuifible,
pourroit lui devenir falutaire. Il ne
fe trompa pas : les remédes opérerent.
Ils fembloient recevoir de l'efficacité
de la main qui les offroit : c'étoit toujours celle d'Allard , ou celle de fon
fils. Le Médecin n'avoit garde de les

éloigner. Souvent c'est en ramenant la
satisfaction dans l'ame, qu'on parvient
à rendre au corps la santé. Amélie, sans
doute, dut le retour de la sienne à cette
volupté pure que fait éprouver la cer-
titude d'être aimée. Elle lisoit dans les
yeux de son fils, dans l'altération de
sa voix, dans l'inquiétude qui se pei-
gnoit dans tous ses mouvemens, combien elle en étoit chérie, & combien
son état l'allarmoit. Elle le consoloit,
en jouissant avec délices de sa douleur. Elle voyoit dans les soins de
son époux, dans les tendres attentions
qu'il avoit pour elle, dans les services
empressés qu'il lui rendoit, combien
il craignoit de la perdre. Je pouvois
donc être heureuse, lui disoit-elle,
en s'attendrissant; j'avois trouvé dans
vous le meilleur ami, l'époux le plus
sensible, l'homme le plus vertueux ...
Hélas ! je m'en suis rendue indigne ; &
ce n'est qu'au moment où je vais n'ê-

tre plus que j'apprends à connoître
le véritable bonheur. Ton cœur me
l'a toujours offert, & mon odieux orgueil a toujours dédaigné ton cœur
bienfaisant. Si j'étois rendue à la vie,
quelle différence tu verrois dans mes
sentimens ! Allard ne lui répondoit
que par ses caresses & par ses larmes.
Mais il cessa bientôt d'en verser. M.
Chablais lui rendit l'espérance. La con-
valescence d'Amélie fut assurée ; elle
fut longue, & pendant tout son cours,
la conduite d'Allard ne se démentit
jamais. Ce fut toujours celle d'un ami
sensible, qui goûte avec transport la
satisfaction de voir son ami revenir à
lui. Lorsqu'il n'eut plus d'inquiétudes
sur la santé de sa femme, il voulut
se délivrer de celles que la connois-
sance de son caractere pouvoient lui
laisser encore. C'étoit en pensant qu'il
avoit vieilli, & son expérience lui avoit
appris qu'il falloit se défier des résolu-

tions formées dans ces inftans où le sentiment entraîne. Dans fa chaleur, il dicte fouvent des promeffes qu'on oublie quand il fe refroidit. Peut-être plus que perfonne capable de s'attendrir, ce ne fut cependant qu'à la raifon feule qu'il voulut avoir obligation du retour d'Amélie. La franchife a toujours des droits certains, dès que l'humeur & la dureté ne l'accompagnent pas. Ce fut fans détour qu'il parla de fes craintes, & qu'il laiffa paroître fes defirs. Le ciel vous a rendue à mes vœux, dit-il à fon époufe; il femble même qu'il n'ait mis vos jours en danger que pour vous apprendre à connoître & à vous attacher à celui que le devoir, & fur-tout fa tendreffe vous difoient d'aimer. J'avois, pourfuivit-il, à me plaindre de vous. Votre froideur, vos dédains, votre fierté m'avoient aliéné. Je l'avoue, je croyois que c'étoit pour toujours; mais

ce n'eſt pas l'amour qui s'allume dans
le cœur de l'honnête homme qui peut
entierement s'éteindre. Le mien ſe ranima ; il reprit toute ſa force lorſ-
que je vous vis en péril. Je revins à
vous ; vous fûtes ſenſible à mon retour ; nos larmes ſe mêlerent ; le ſen-
timent les fit couler ; & je connus,
dans l'excès de ma peine, le charme
de répandre des pleurs. Mais bientôt
l'amertume de vos regrets, & la vio-
lence de vos maux me plongerent dans
le déſeſpoir ; il fut ſuivi des douceurs
de l'eſpérance. En revenant à la vie,
vous ramenâtes la ſatisfaction dans mon
cœur ; vous y fites luire l'aurore du
bonheur : je ne l'avois point encore
connu. Jamais, ma chere Amélie, jamais vous n'aviez tourné ſur moi des
regards attendris.. Votre . . . mais laiſ-
ſons les reproches. Ne nous rappel-
lons que l'inſtant qui m'a donné une
épouſe. Ayons-le toujours préſent,

pour que tous ceux qui le suivront,
lui ressemblent. Amélie voulut parler,
mais plus on sent, moins on s'expri-
me. Elle se jetta dans les bras de son
mari, le serra étroitement, & ses yeux
furent les seuls interpretes de son
cœur.

Allard avoit préparé sa conversa-
tion, il fut en état de la poursuivre.
Ma chere Amélie, continua-t-il, vous
ne vous offenserez pas si votre époux,
si l'homme que vous avez forcé par des
sentimens plus doux à devenir votre
ami, vous parle avec cette vérité que
l'amitié exige. Ne craignez pas que
je conserve du ressentiment. Si je pense
encore aux défauts que vous avez eus,
ce sera pour mieux jouir des vertus
qui les remplacent. En faisant mon
malheur, ils vous rendoient malheu-
reuse. On l'est toujours quand par hau-
teur on s'éloigne des gens parmi lesquels le sort force de vivre. Rappro-

chez-vous des femmes que votre mariage a rendu vos égales. Peut-être
ne trouverez-vous pas dans leur fociété autant de dégoût que vous l'avez
imaginé. Vous avez paffé votre premiere jeuneffe dans une maifon que
vos parens nommoient château. Votre
naiffance ne vous permettoit pas de
vous y livrer à des occupations qui
font éviter l'ennui aux habitantes de
la campagne & qui même les fatisfont,
parce que c'eft pour des objets chéris
qu'elles travaillent. Des ouvrages fouvent pénibles, mais partagés par leurs
parens, les foins qu'exigent d'elles
leurs familles, le mouvement, la gaieté,
la vie champêtre leur donnent des
idées plus intéreffantes, plus variées
que celles qu'ont ordinairement des
femmes d'un ordre fupérieur dont
l'éducation n'a pu être foignée. Mon
oncle m'a fouvent dit, il avoit beau-
coup voyagé, & fa fimplicité, fa droi-

ture, & les connoiffances qu'il avoit
acquifes le faifoient recevoir par-tout
avec plaifir ; il m'a dit fouvent qu'il
avoit vu plufieurs fois des feigneurs
& des favans même étonnés de l'entretien des villageois, fe plaire à leur
converfation & admirer la juftefle de
leurs raifonnemens. Ne dédaignez
donc plus des gens qui ne font point
méprifables puifqu'ils font honnêtes
& fenfés. Traitez-nous en hommes.
Tirez de votre état le parti le plus
avantageux, faites-vous aimer de tous
les habitans du village, vous favez fi
votre fils, fi votre époux vous adorent
déja. Je ne vous promets rien inté-
rompit vivement Amélie en embraf-
fant fon mari, je ne vous promets
rien, mais vous verrez.

Dès le moment même elle fut quitter des vêtemens, qui, fans la parer
davantage, fervoient à la faire diftin-
guer des autres femmes du village.

Elle

Elle prit un simple corset, un tablier
blanc, une coeffure sans fontanges, &
dans cet habillement, plus convenable
à l'épouse d'Allard, elle fut trouver
sa voisine. Étonnée de recevoir une
visite d'Amélie & de la voir sous ces
champêtres habits, la bonne Toinette
ne peut s'empêcher de marquer sa surprise. Eh bon Dieu! lui dit-elle, c'est
vous qui venez mise comme nous autres paysannes, qui venez dans la
maison d'un pauvre laboureur. Mon
mari, lui répondit Amélie, m'a fait
ouvrir les yeux. Ses soins, sa bonté,
sa tendresse ont fait naître dans mon
ame la reconnoissance & l'amour. Le
sentiment y a rappellé la raison. Je
rougis à présent d'une conduite qui
me faisoit détester. Je hais mon orgueil, ma sotte vanité. Je veux jouir
de ces biens qu'Allard assure que l'on
goûte mieux au village que par-tout
ailleurs. Je veux être aimée; je vous de-

C

mande votre amitié, pourfuivit Amélie, je vous offre la mienne, & je
vous aurai la plus grande obligation
fi vous l'acceptez. Bonne, gaie, vive,
franche, Toinette reçut avec plaifir
les avances d'Amélie. Bien-tôt la confiance s'établit entr'elles. Leur converfation s'anima & devint intéref-
fante. Toinette parla de fon ménage,
de fon mari, de fes enfans, du bonheur des familles unies, de la fatisfaction qu'on éprouve quand on vit bien
avec fes voifins, de celle qu'on trouve quand on les oblige & quand on
reçoit d'eux des fervices qui prouvent
qu'on en eft aimé. Elle mettoit dans
fes difcours tant de chaleur, tant d'é-
nergie, qu'Amélie fut émue & atten-
drie. Elle fentit cette impreffion vive que fait naître le récit des chofes
honnêtes & le tableau de cette vie
douce qu'on ne trouve qu'au fein de
la tranquillité & de la vertu. Quoi!

s'écria-t-elle, j'ai pu vivre si près du bonheur & ne pas le goûter ! il a fui la maison d'Allard depuis que j'y suis entrée. O mon amie ! ô ma chere Toinette ! aidez-moi à l'y ramener. Toinette pour tout avis lui conseilla de renoncer *à la gloire*, d'écouter son cœur, de chérir son mari, d'aimer son enfant, de s'occuper gaiement comme elle des soins de son ménage & de se faire des amies avec qui elle pût s'entretenir librement de ses plaisirs & de ses peines. Avant de la quitter, Amélie la remercia, l'embrassa tendrement, & la pria de venir passer l'après-vêpres chez elle.

Le premier pas & le plus difficile lorsqu'on veut revenir au bien, c'est de surmonter cette mauvaise honte qui si souvent empêche de changer de conduite. Amélie avoit du courage dans l'ame ; elle ne craignoit pas de paroître se démentir, parce qu'elle

étoit bien sûre qu'elle ne se démenti-
roit plus. Elle fut à l'Eglise avec un
maintien modeste mais assuré ; en sor-
tant elle prit assez sur elle – même
pour faire des avances aux femmes
qu'elle avoit le plus dédaignées. Elle
rencontra la mere de Lucie, elle rou-
git & laissa paroître le regret qu'elle
sentoit de l'avoir offensée.

Les habitans du village, surpris de
la simplicité des vêtemens d'Amélie,
plus étonnés encore de son air affable,
ne savoient à quoi attribuer un changement pareil. Ils aimoient tous Allard, ils furent tous enchantés & cou-
rurent le féliciter. Son cœur nageoit
dans la joie ; il la goûtoit pour la premiere fois dans toute sa vivacité, dans
toute sa pureté. Elle lui prêta des
aîles pour retourner chez lui. Il y
trouva Amélie serrant son fils contre
son sein. Il les mit tous deux entre
ses bras & resta dans cette douce

attitude jufqu'à ce que Toinette vint
l'y furprendre. Dans le raviffement
d'un pareil fpectacle, elle frappa des
mains, fauta dans la chambre, les
embraffa tour-à-tour, & courut, em-
portée par le fentiment, raconter
dans tout le village ce dont elle avoit
été témoin. C'eft une nôce, mes enfans, que je vous annonce, dit-elle
aux garçons & aux jeunes filles. Allez chercher les haut-bois & les mu-
fettes, nous danferons. Moi je vais
vous faire préparer à fouper : elle
revole chez elle, enleve toutes les
provifions qui s'y trouvent, les porte
chez Amélie, lui confie fon projet ;
Amélie l'applaudit avec tranfport.
Allard, Bafile & les deux femmes
fe mettent à l'ouvrage. Le feu s'allume, les broches tournent, & bientôt
le fouper eft prêt. Chacun apporte
des tables, des bancs, des chaifes.
Le Curé envoye fes meubles & fon

vin. Il vint lui-même préfider à la fête, non pas pour en gêner la liberté, mais pour en partager le plaifir. M. Germain avoit déja béni la table ; on étoit prêt à s'affeoir, lorfqu'Allard s'apperçut que Lucie & fa famille manquoient au feftin. Les démarches honnêtes ne vous coûtent plus rien, dit-il à fa femme, allez chercher des gens qui nous ont aimés, que nous avons offenfés, & qui peut-être voudront bien encore fe rapprocher de nous. Elle ferra la main de fon mari & s'en alla avec Toinette & fon fils chez les parens de Lucie. D'abord elle eut de la peine à les vaincre, mais Bafile à leurs genoux, & Toinette les entraînant, les déciderent à venir. Allard les vit arriver avec reconnoiffance, & leur préfence augmenta fon contentement. Lucie n'avoit jamais été fi belle. Son fein étoit agité, & la timidité coloroit fes joues des mêmes roses que le plaisir répandoit sur celles de Basile. Tous les yeux se tournoient sur ce couple charmant, tous les cœurs desiroient de le voir bien-tôt uni.

Amélie, aidée de son époux, faisoit les honneurs de la fête avec ces graces que la gaieté seule peut donner. Elle renaissoit à la nature, & s'abandonnoit avec délices aux sentimens qu'elle inspire, quand pour en augmenter les charmes son frere parut au milieu de l'assemblée. Ce qu'elle desiroit le plus, c'étoit de l'avoir pour témoin de son bonheur; ce qu'il souhaitoit le plus lui-même, c'étoit de la savoir heureuse; mais il croyoit la connoître trop pour pouvoir l'espérer. Dans son ravissement, il multiplioit les questions. Amélie ne voulut pas satisfaire elle-même sa curiosité. Elle le fit placer à côté de M. Germain qu'elle chargea de l'instruire.

Le digne Pasteur lui raconta l'histoire
des deux époux. Il lui parla avec admiration, avec enthousiasme de la
conduite d'Allard; il donna les plus
vifs éloges au retour d'Amélie. Il
s'exprimoit avec cette chaleur, cette
rapidité, cette énergie qui caractéri-
sent les discours de l'homme de bien,
lorsqu'il s'abandonne au plaisir de
louer la vertu. D'Ormond l'écoutoit
avec attention & avec reconnoissance. Son cœur alloit au-devant des pa-
roles du respectable Curé. Ses yeux
cherchoient ceux de sa sœur & lui
peignoient ses transports.

Le souper fini, les musettes se firent
entendre. Allard & son épouse ou-
vrirent le bal champêtre. Amélie fut
prendre ensuite le pere de Lucie.
Ce fut avec les marques d'une véritable amitié qu'ils s'embrasserent. Lucie
remplaça Amélie. Le choix de son
pere auroit paru bisarre si l'on n'en
eut pas pénétré le motif. En embras-

sant sa fille, avec cette complaisance
qu'un tendre pere ne dissimule point,
il lui dit de prendre Basile. Elle trem-
bla en allant à lui. L'amour, le plaisir, la pudeur agitoient tous ses sens.
Basile trembloit aussi en la voyant
venir ; son cœur ému palpitoit de joie
& d'amour. Tous les regards se fixe-
rent sur eux. D'Ormond jouit, pour
la premiere fois de sa vie, du spectacle le plus doux que la nature puisse
offrir, celui de deux amans qui joi-
gnent à la jeunesse & aux graces naï-
ves cette aimable candeur plus tou-
chante que la beauté même. Leur
danse finie, les jeunes villageois en
formerent de nouvelles. La sérénité
brilloit sur leurs fronts, le contentement animoit leurs sauts. C'étoit
ainsi, dans la jeunesse du monde, que
l'homme s'égaioit au sein de l'innocence & célébroit par des fêtes rus-
tiques & par des danses les actions

agréables à la divinité. Les premiers rayons de l'aurore firent ceffer le bal. Chacun alla reprendre fon travail, emportant avec foi cette impreffion douce qu'on conferve encore après avoir goûté des plaifirs purs & vrais.

Enchanté de tout ce qui s'étoit paffé fous fes yeux, pénétré d'un tendre refpect pour le caractere d'Allard, d'admiration & d'amitié pour fa fœur, fe fentant de l'inclination pour fon jeune neveu, d'Ormond réfolut de paffer fes jours parmi des gens qui ne pouvoient manquer de le rendre heureux. Il étoit las de la vie errante qu'il menoit depuis long-tems. La fociété, dans laquelle il avoit été forcé de vivre, ne convenoit point à fa façon de penfer. Philofophe dans un état où l'on n'eft gueres occupé que de très-petits détails, où l'on dort pour éviter l'ennui, où le bruit & le tumulte font pris pour de la gaieté, dans un état

enfin où l'homme qui penfe eft fouvent regardé comme un être extraor-
dinaire & bifarre, il foupiroit après
l'inftant de pouvoir rompre des chaî-
nes dont il fe fentoit accablé ; mais
l'extrême modicité de fa fortune ne
lui avoit pas permis jufqu'àlors de fe
livrer à fon goût pour l'indépendance
& pour la tranquillité. Dans la maifon d'Allard, il fentit que trop peu
riche pour le luxe il l'étoit affez pour
le bonheur. Il réfolut de s'y fixer.
On fembloit y goûter les charmes
d'une exiftence nouvelle & plus douce. La concorde y avoit ramené la
confiance & la riante familiarité. Heureux enfin l'un par l'autre, Allard &
Amélie ne s'occupoient plus que du
bonheur de Bafile. Lucie, la charmante Lucie, pouvoit feule l'affûrer. M.
Germain, le pere, l'ami de tous fes
paroiffiens, fut chargé de faire de
nouvelles démarches pour l'obtenir.

Il n'eut pas de peine à réuſſir. Les
conſeils de l'honnête homme ont ſur
les ames ſimples & vertueuſes toute
la force des loix. Tout fut bientôt
arrangé entre les parens. Ils deſiroient
avec la même ardeur la félicité de
leurs enfans, & ce fut avec un em-
preſſement égal qu'ils les conduiſirent
aux pieds des autels. Baſile & Lucie
s'y jurerent un amour éternel. Leur
ſerment leur coûta peu ; ils ſe promet-
toient d'être éternellement heureux.

Lucie, en entrant dans la famille
d'Allard, en augmenta le bonheur :
Amélie & ſon époux la regardoient
comme un préſent dont le ciel avoit
voulu récompenſer leur vertu. D'Ormond lui trouvoit un caractere doux,
aimable, gai, ſenſible, égal, dont ſon
imagination lui avoit bien tracé le
modele, mais qu'il ne croyoit pas
dans la nature. Baſile.... il connoiſ-
ſoit encore mieux ſon prix, il étoit
ſon époux.

Le bon Allard, philofophe à fa ma-
niere & peut-être de la façon la plus
sûre, puifqu'il fuivoit en même tems
les leçons de l'expérience & les inf-
pirations de la nature, en jouiffant du
préfent, penfoit à l'avenir. Il connoif-
foit la foibleffe humaine, & favoit
que même au fein du bonheur l'ame
n'eft pas exempte des dégoûts. Il
communiqua fes idées à d'Ormond &
de concert ils s'occuperent des moyens
de les prévenir. En multipliant les
occupations fans pourtant les rendre
fatigantes, en les tournant fur des
objets agréables & utiles, ils les chan-
gerent toutes en plaifirs.

Né peu riche, mais n'ayant jamais
eu que ces goûts refpectables qui ne
ruinent point, l'amour des lettres &
la libéralité, d'Ormond avoit confer-
vé en entier la fomme modique dont
il avoit hérité de fon pere. Il n'avoit
que vingt mille francs ; mais il étoit

vraiment fage. Cette foible fomme lui
parut non feulement fuffifante pour
fournir à fes befoins, mais encore pour
augmenter l'aifance des vertueux amis
que fon cœur avoit adoptés. Il en con-
facra une partie à l'acquifition d'une
maifon riante, fituée fur le penchant
d'un côteau ; le refte fut employé à
acheter les terres qui l'environnoient.

Il forma fon établiffement d'après
les principes de ce philofophe fi capable de faire des Profélytes à la nature
fi nous avions le courage d'être vé-
ritablement heureux. Il trouvoit dans
fa niéce le naturel honnête & *aimant*
de Julie. Il ne lui manquoit que fon
éducation, & fes lettres pouvoient y
fuppléer. Il les mit entre les mains
de Lucie, qui crut y reconnoître une
partie des chofes qu'elle avoit déja
vaguement penfées, fans avoir pu par-
faitement les développer. Son livre
devint fon tréfor. Après avoir rem-

pli les devoirs de la religion , elle
s'enfermoit les Dimanches avec lui.
Elle s'attachoit fur-tout à étudier la
conduite de Julie dans l'intérieur de
fon ménage. Elle adoptoit tout ce
qui pouvoit convenir à fa fituation ,
& quittoit fa lecture , non pas avec
plus de tendreffe pour fes parens ,
mais avec une intelligence plus éclairée & de nouveaux moyens pour
leur plaire.

D'Ormond avoit rendu fa champêtre habitation auffi commode que fim-
ple. La vue en étoit charmante , des
prairies où un ruiffeau bordé de faules
faifoit mille détours , des champs cou-
verts de bleds magnifiques , & des ver-
gers dont les arbres plioient fous les
fruits , environnoient cette agréable
demeure. Le jour qu'il en prit poffef-
fion fut un jour de fête ; mais une
fête donnée par d'Ormond , & dont
Lucie faifoit les apprêts , ne pouvoir

être ni tumultueuse, ni brillante. La douce gaieté, les graces ingénues, & la simplicité champêtre en faisoient tout l'agrément, & les productions de la nature toute la magnificence. Seule dans la confidence de son oncle, Lucie avoit fait les préparatifs dans le plus grand secret & avec cette délicatesse de goût qui se rencontre dans tous les états & que perfectionne l'envie de plaire.

Allard & Basile revenoient de leur travail. La chaleur avoit été vive, & ils sembloient avoir besoin de prendre de la nouriture & du repos, lorsque d'Ormond leur proposa d'aller jouir de la fraicheur du soir sur le penchant du côteau. Amélie, qui avoit appris à sentir le prix des attentions & des soins, s'opposoit à cette promenade; Allard, qui sentoit encore mieux la nécessité de la complaisance, céda avec un air satisfait au desir de d'Ormond.

d'Ormond. Quelle fut leur surprise,
lorsqu'arrivés à la porte d'un jardin,
dont ils ne connoissoient pas encore
le maître, ils la virent s'ouvrir & re-
connurent Lucie, qui, proprement vê-
tue, un gros bouquet de roses à son
côté & des fleurs dans ses cheveux,
venoit à eux avec empressement! Elle
ne leur donna pas le tems de parler.
Elle prit Allard d'une main, Amélie
de l'autre, & les conduisit sous un
berceau de cerisiers. Basile suivoit en
silence; d'Ormond jouissoit de leur
étonnement & de leur plaisir. Ils
trouverent sous le berceau une table
proprement servie. Elle étoit cou-
verte de légumes excellens apprêtés
par Lucie, de laitage, d'œufs frais &
des meilleurs fruits de la saison. Des
bancs de gason servoient de siéges;
le feuillage légérement agité par le
vent du Nord étoit entrelacé de fleurs,
& les oiseaux, qui se rassemblent,

D

au coucher du foleil, faifoient entendre leur douce mélodie. La fraicheur
& la beauté du foir, le chant du char-
donneret & de la fauvette, le mur-
mure d'une fontaine, le parfum des
fleurs & fur-tout le fentiment de tendreffe & de fatisfaction qui pénétroit
les convives, faifoit régner parmi eux
un filence délicieux. Le cœur du bon
Allard palpitoit de joie, & fes yeux
nageoient dans les larmes. Amélie regardoit tour-à-tour avec attendriffement fon époux, fon fils, fon frere
& fa fille. Le vifage de Bafile exprimoit la reconnoiffance & l'amour.
Celui de Lucie étoit encore embelli
par des graces nouvelles & par la
gaieté. D'Ormond fentoit qu'il com-
mençoit feulement à vivre. Lucie &
lui rompirent enfin le filence. Ils
chanterent enfemble les charmes de
l'amour, les douceurs de l'amitié, les
plaifirs de la vie innocente & tran-

quille. D'Ormond avoit une voix agréable & fléxible; le fentiment avoit dicté fes chanfons. Lucie n'avoit eu de maître que la nature, mais fon organe étoit enchanteur. Leurs fons refonnerent jufqu'au fond des ames & en augmenterent le raviffement. Il redoubla encore, lorfqu'après le fou-per d'Ormond conduifit fes parens dans des chambres charmantes par leur propreté, & leur annonça qu'ils étoient chez eux. En vain auroient-ils voulu lui répondre; ils ne purent que le ferrer avec tranfport dans leurs bras.

Trop animés, trop contens pour pouvoir fe livrer au fommeil, Allard & Amélie pafferent la nuit à s'entre-tenir de leur bonheur. Votre frere, difoit Allard, eft un Ange envoyé du ciel pour mettre le comble à notre félicité. Je defirois plus rien, répon-doit Amélie, puifque j'avois recou-

vré ton cœur ; mais mon frere, en
rendant notre vie plus agréable par
fa préfence, & plus aifée par fes bien-
faits, me délivre de la crainte de te
voir fouffrir dans tes vieux jours. Sa
converfation amufera tes loifirs &
notre travail fournira à tes befoins.
Heureufement il ne nous a pas ren-
dus affez riches pour que nous puif-
fions nous y fouftraire, & nos enfans
ne languiront pas dans l'oifiveté. . . .
Tandis qu'ils s'entretenoient ainfi,
plus heureux encore Bafile & Lucie
s'abandonnoient aux tranfports de
l'amour, & d'Ormond favouroit cette
volupté pure qui récompenfe toujours les actions de l'homme fenfible
& généreux.

Dès que le jour parut, il conduifit Allard & fon fils dans toutes les
parties de leur domaine. Voilà, dit-
il au jeune homme, ce que vos foins
doivent faire valoir ; ces terres culti-

vées par des mains vertueuses & ro-
bustes suffiront à l'entretien de votre
famille, aux besoins du pauvre, & vous
fourniront les moyens de rassembler
souvent chez nous nos véritables
amis. De retour à la maison, d'Ormond fit voir à Basile des attelages de
bœufs vigoureux, & tous les instru-
mens nécessaires à l'agriculture. M.
Germain lui avoit trouvé des domes-
tiques forts & sages. Il les présenta
à leur nouveau maître, & leur dit
que dès le lendemain il les condui-
roit lui - même au travail. Lucie fut
chargée de l'intérieur du ménage ;
Allard & sa femme en eurent l'ins-
pection générale. Dès le premier
jour ils monterent les choses au ton
sur lequel elles devoient toujours
subsister. Ils inspiroient l'amour du
travail par les louanges qu'ils lui ac-
cordoient, la fidélité par la confiance,
le zele par la bonté.

Bafile, devenu plus gai parce qu'il
avoit enfin appris à connoître le bonheur de fon état, animoit les ouvrages champêtres par des chants, par
des propos joyeux, & par un air
fatisfait. C'étoit avec plaifir qu'on
alloit dès le grand matin avec lui fe
livrer aux travaux les plus pénibles.
On rioit en fe fatigant ; mais la joie
diminuoit la fatigue. Quand le foleil
devenoit trop ardent , on voyoit
arriver un dîner abondant que Lucie
& les filles qui l'apportoient, venoient
partager avec Bafile & fes ouvriers.
On s'établiffoit fur le gafon, à l'ombre
d'un hêtre ; on mangeoit comme on
avoit travaillé ; on trouvoit au fond
des bouteilles du courage pour le
refte de la journée. Le foir un bon
fouper & plus encore un air content
fervoient de récompenfe. Bafile paffoit
alternativement des bras d'Amélie dans
ceux de fon pere ; Lucie l'en tiroit

pour le ferrer dans les fiens. D'Ormond, trop fage, trop éclairé pour
méprifer la converfation des bons
villageois, les amufoit pendant la veil-
lée, en leur racontant des hiftoires
fingulieres & inftructives ; fouvent
il applaudiffoit aux réflexions que fes
récits faifoient naître. D'autres fois
il s'occupoit avec eux de ces jeux
que le bel efprit gâté ou dédaigne,
mais que l'aimable innocence chérit.
On remarquoit qu'il n'étoit point fâché,
lorfque le juge ordonnoit à la jeune
paifanne fraiche & timide de l'em-
braffer pour racheter fon gage. Les
dimanches & les fêtes étoient entierement confacrés à la piété & aux
amufemens. Ces jours-là, la famille
toujours raffemblée augmentoit fes
plaifirs en les variant. Tantôt, entou-
rant d'Ormond, elle écoutoit avec attention la lecture qu'il lui faifoit d'un
livre intéreffant. Le fage Allard, fa

femme plus inftruite qu'on ne l'eft au
village, Lucie éclairée par la nouvelle
Héloïfe, & plus encore par fon ame
fenfible, Bafile élevé par fon pere,
formé par fon oncle & perfectionné
par Lucie, n'auroient pas entendu pa-
tiemment les pieufes abfurdités de la
légende ou les récits extravagans de
quelques romans barbares. D'Ormond
avoit raffemblé pour eux ces ouvrages fimples & fublimes, qui, peignant
la nature & la vertu d'après elles-mê-
mes, les font aimer vivement, parce
qu'ils en tracent un portrait fidele.
Cette Sara * fur-tout que l'Angleterre
envie fans doute, mais que la France
a eu l'honneur de produire, faifoit
leurs délices. A leur lecture fuccé-

_____

* Conte moral qui parut en 1665. Le grand
nombre d'éditions qui en furent faites & en-
levées fur le champ, fait plus d'honneur à la
nation qu'à l'auteur même, & n'annonce pas
la décadence du goût chez les lecteurs.

doient souvent des danses sous l'or-
meau, auxquelles Allard, sa femme,
d'Ormond & M. Germain lui-même
présidoient. D'autres fois Lucie donnoit après vêpres des collations à ses
compagnes. Pour les rendre plus gaies,
Basile y invitoit aussi ses amis. La
présence de ces respectables parens,
sans gêner la liberté, y maintenoit la
décence. Ils favorisoient les tendres
amans qui aspiroient au bonheur d'être
époux ; mais ceux qui n'en cherchoient
que les plaisirs, sans vouloir en porter
le nom respectable, étoient pour
jamais bannis d'une société où le contentement étoit toujours accompagné
de la vertu. Les jours de fête, un
souper plus abondant & plus recher-
ché qu'à l'ordinaire étoit offert par
Lucie à M. Germain, à M. Chablais,
& à Toinette. Ils étoient les bienfai-
teurs de l'heureuse famille, il étoit
juste qu'ils partageassent quelquefois
son bonheur.

Bafile, guidé par fon pere, voyoit fes travaux récompenfés par l'abondance. Ses champs, mieux cultivés, étoient les plus féconds du village, fes vignes produifoient le meilleur vin, fes troupeaux multiplioient davantage, & fes arbres étoient prefque toujours chargés de fruits. Tout profpéroit entre fes mains; fans la générofité qui l'en garantiffoit, il fe feroit bientôt vu dans la richeffe; mais le pauvre avoit fur fon cœur des droits inconteftables & facrés: le tiers de fes recoltes lui étoit affûré, un autre fervoit à l'entretien du ménage, & le troifieme fuffifoit pour payer les impôts, pour fournir aux dépenfes extraordinaires, & pour procurer des fonds à fa bienfaifance. Bafile fe fervit de ces derniers pour faire une dot à la jeune Agathe que fon ami Marcel aimoit, comme lui-même aimoit Lucie.

Allard & fa famille couloient ainfi dans le fein de l'innocence & de l'amitié des jours vertueux & tranquilles. Leur maifon étoit l'afyle de la paix & de la gaieté. Ils y trouvoient les fecours d'une bienveillance réciproque, les exemples de l'honnêteté, & toujours le fourire de la tendreffe. Allard jouiffoit de fon ouvrage. C'étoit lui, qui, par fa modération, par fa douceur, par fa patience avoit porté la lumiere dans le cœur d'Amélie. En la forçant à la reconnoiffance, il l'avoit ramenée au devoir, au bonheur. Amélie n'avoit d'autres peines que celles que lui caufoit la crainte de perdre trop tôt un ami refpectable, un époux adoré. Bafile, dans la force de l'âge, fils fenfible & chéri, mari tendre, de Lucie, vivoit pour le fentiment & pour l'amour. Lucie trouvoit la fatisfaction dans les foins qu'elle rendoit à fes parens, dans leurs careffes, & dans les yeux de son époux. Elle ne regardoit jamais son cher Basile sans se rappeller avec transport, avec reconnoissance, qu'il avoit ouvert son ame à la vive impression du plaisir. D'Ormond sentoit qu'il avoit enfin trouvé le genre de vie le plus convenable à son caractere. L'âge d'or renaissoit pour lui. S'il peut encore exister, c'est pour l'homme bienfaisant & sensible qui coule ses jours sous un toit rustique, parmi des cultivateurs honnêtes, vertueux, reconnoissans, & dans l'heureux accord de l'amitié, de l'amour & de l'innocence.

Le ciel devoit à Basile & à Lucie des enfans qui marchassent sur leurs traces. Il écouta les vœux de la nature; Allard eut la satisfaction de presser ses petits enfans contre son sein.

FIN.